衛斯理系列 少年版 16

密碼

上

作者：衛斯理

文字整理：耿啟文

繪畫：鄺志德

衛斯理
親自演繹衛斯理

老少咸宜的新作

　　寫了幾十年的小說，從來沒想過讀者的年齡層，直到出版社提出可以有少年版，才猛然省起，讀者年齡不同，對文字的理解和接受能力，也有所不同，確然可以將少年作特定對象而寫作。然本人年邁力衰，且不是所長，就由出版社籌劃。經蘇惠良老總精心處理，少年版面世。讀畢，大是嘆服，豈止少年，直頭老少咸宜，舊文新生，妙不可言，樂為之序。

倪匡　2018.10.11　香港

主要登場角色

白素

溫寶裕

衛斯理

胡說

班登

第一章

少年情懷

　　大家還記得齊白嗎？他就是那個盜墓專家。這個人*行蹤飄忽*，一年也回不了一次電郵，但今天卻突然發了一封電郵給我。

　　他説自己剛經歷了一段極其怪異的尋寶之旅，如今心有餘悸，正在泰國散心。他還肆無忌憚地要脅道：「若果你想知道那段奇異經歷的過程，便拿東西和我交換吧，例如有沒有其他**可盜之墓**的信息告訴我？我正等待着下一個盜墓目標呢。」

　　這傢伙太可惡了，明知道我好奇心重，居然用這個方

法來要脅我，我又不是盜墓狂，哪裏知道那麼多墓穴的消息啊！

我愈想愈氣，**恨得牙癢癢**之際，忽然聽到樓下老蔡正在大呼小叫：「小寶，你想死了，弄那麼多這種東西進來。」

老蔡年紀大，特別喜歡大呼小叫，而溫寶裕也不好，經常有一些放任的行為，叫老人家看了幾乎要吐血。所以一老一少每次碰面，難免都有**小衝突**。

我趁事態還沒有擴大，立即出面調解，揚聲道：「小寶，你上來吧，我剛收到齊白的電郵。」

齊白的電郵根本沒有提及溫寶裕，我把他叫上來，只是一個藉口，讓他和老蔡暫時分隔開。

溫寶裕出乎意料地順從，他大聲答應着，「**噠噠噠**」地匆匆跑上樓梯，瞬間就來到我半掩的書房門前，閃

身進來，手中捧着一個相當大的盤子。

他用這樣的怪姿勢走進來，自然是為了保護手中的盤子，當我看到那個大盤子裏面所放着的東西時，馬上就後悔叫他上來了，我應該把他趕出我的家才對。

在那個直徑約有**五十公分**，本來不知作什麼用途的漆盤上，全是大大小小、**蠕蠕而動**，有的縮成一團，有的拉長了身體，有的**通身碧綠**，有的**黃黑相間**，有的**絨毛絢麗**，有的**花**

奇特，至少有上百條，各種各樣的！

雖然我不怕毛蟲，也沒有密集恐懼症，但那一大堆毛蟲實在太醜惡了，有的還**糾纏成一團**，有的則在盤子邊緣昂首，想要離開盤子的範圍。我的呼喝聲比老蔡還嚴厲：「你帶什麼鬼東西來我家！」

溫寶裕見我面色不善，眨了眨眼説：「這……全是胡説要我捉的，他是昆蟲專家，想教我觀察生態。」

胡説是一個在博物館工作的年輕昆蟲學家，也是我那位考古學家好友胡明的堂侄。他名字中的「説」應讀「悦」，出自論語「有朋自遠方來，不亦説乎」。

溫寶裕説話時**眼珠亂轉**，又不敢正面看我，顯

然是在説謊。

「是麼？是胡説叫你捉的？」我問，然後忽然提高了聲音大喝：「我看這全是你在胡説！」

溫寶裕被我嚇得雙手一震，盤子揚了一揚，盤中的毛蟲有一半掉了出來，至少有**二三十條落在他的身上**。

他怪叫起來，雙手亂舞，鼻子上掛着一條身子一躬一躬、努力想爬向他額頭的毛蟲，那種趣怪的模樣，逗得我**哈哈大笑**。

他放下盤子，大叫着：「別動，一動會踩死牠們，我好不容易才抓了那麼多回來的。」

他一面叫，一面**手忙腳亂**。我笑了一會，看他的樣子實在可憐，便幫他一起捉毛蟲。等到所有毛蟲看來都抓回盤子去時，他怪模怪樣，縮着脖子，愁眉苦臉地問我：「會不會有幾條從我衣領鑽了進去？」

我笑道：「大有可能。」

他連忙拉起衣服，亂蹦亂跳了好一陣子，確定身上沒有毛蟲了，才鬆一口氣。

我望着那些醜陋的毛蟲，皺着眉質問：「你抓了那麼多毛蟲，到底想幹什麼？快從實招來！」

溫寶裕卻得意忘形，「連你的反應也那麼大，**她們看到了一定更害怕。**」

我怔了怔，「她們是誰？」

溫寶裕自知說漏了嘴，一張俊臉漲得通紅，**眼睛**不由自主地眨着，過了好一會才回復正常，裝成若無其事地說：「到學校去嚇嚇同學而已，不過胡說鼓勵我捉毛蟲倒是真的，他說毛蟲的種類眾多，雖

然結成蛹的時候，看起來個個差不多，但變成成蟲後，就 **千奇百怪**，各不相同了。」

他顯然是為了掩飾自己作弄別人的惡行，

所以不停地説着有關毛蟲的知識：「這裏至少有二十種不同的毛蟲，胡説告訴我，每一種毛蟲通常只吃固定一種植物的葉子，那是遺傳因子決定的。我們所有生物都依照着 **遺傳因子** 中的密碼生長，你説  啊……」

我看見他滔滔不絕地説着，不禁覺得好笑，而這時候，他身上的手機忽然響起，差點又嚇得他弄翻了盤子，幸好我及時伸手幫他扶住，而他卻老實不客氣地説：「勞煩你先拿着。」

他放開雙手，讓我捧着那盤毛蟲，然後逕自掏出手機，「喂」一聲接聽。他才聽了兩句，**臉上就變色**，失聲道：「不會是她們吧？如果真是她們，那就太過分了！」

我自然聽不懂他們在談什麼，只見溫寶裕皺着眉，有點臉青唇白，頻呼：「**這太過分了**，太過分了……胡説你先別急，別給她們暗中看了笑話，我立刻就來！」

他掛了線，神情顯得十分凝重，我有一種不祥的預感，我並非擔心他和胡説，而是關心我自己。

果然，溫寶裕掛線後，真的二話不説就想轉身離開，我連忙叫住他：「喂，**你的毛蟲**！」

「對了，我來這裏是想向你借一個小魚缸放置毛蟲的。現在我有急事先走，回頭再來接回牠們，再見！」他拋下這句便匆匆跑掉了。

我大聲抗議：「誰説我有小魚缸的？況且我怎麼認得

牠們是哪種毛蟲，要吃哪種葉子！」

「你是衛斯理，一定有辦法的！」溫寶裕的聲音已經

離我很遠了。

我無可奈何，只好把那些毛蟲搬進一個 小魚缸 裏，

叫老蔡隨便摘一些葉子放進去，讓牠們吃「**自助餐**」。

到了黃昏，白素回家看到魚缸裏那一大堆毛蟲，自然

嚇了一跳，一度擔心我受了什麼刺激，染上古怪的嗜好。

直到我把溫寶裕的事情告訴了她，她才笑了出來，說：「小寶畢竟是個少年，喜歡作弄女孩子。」

我順口說：「你怎麼知道那是用來嚇女孩子的？」

白素瞪了我一眼，「動動腦筋就知道了，你自己沒經歷過少年的情懷嗎？」

我假裝嚴肅地說：「我少年的時候已經風度翩翩，哪裏會作弄女孩子。」

白素忍着笑，「嗯，那麼今天晚上的音樂會很適合你這位紳士了。」

白素是古典音樂的愛好者，今天晚上有三位音樂家自北歐而來，在白素的一位朋友家中舉辦一個規模不大的音樂會，參加者大約五六十人。我本來想推掉不去的，看來現在卻非去不可了。

「你陪我聽音樂會，我陪你看木乃伊。」白素向我親切地笑了一笑。

　　她所講的木乃伊，就是胡說一手策劃的木乃伊展覽，胡說通過其堂叔胡明在**埃及**考古界的地位，為博物館借來了**十具木乃伊**作展覽，供市民參觀。

　　正式展出的日期是兩天後，我忽然感到**疑惑**，按道理，胡說此刻應該忙得不可開交，剛才到底有什麼重要的事，令他急着要找溫寶裕，而溫寶裕又**氣急敗壞**地立即趕去呢？

第二章

一位怪醫生的怪問題

我穿了一套 **高雅體面** 的西裝，顯得風度翩翩，跟白素前往一幢大洋房，參加音樂會。

我們到達時，客人已到了一大半，大都圍着三位演奏家在談天。我拿着酒杯隨意漫步，欣賞屋子的佈置。

屋主毫無疑問是個 **音樂♪迷**，寬大的走廊上全掛着音樂家的畫像。我駐足欣賞一幅李斯特的全身像時，感到有

人來到了我的身邊，我轉頭一看，是一個大約三四十歲，相貌普通，但雙目**炯炯有光**，一望而知十分有內涵的西方人。

我看他手中也拿着一杯酒，就向他微笑一下，略舉了舉杯；他也報以微笑，然後開口，居然是一口標準的中國語：「可惜 📷 **攝影術** 發明得太遲，以致歷史上許多著名的人物，都沒有相片留下來，只留下了他們的 畫像 。」

我也隨口應道：「是啊，尤其是那些年代久遠的歷史人物，例如軒轅黃帝、蚩尤，誰能想像他們是什麼樣子呢？」

那人轉動着手中的酒杯，眼睛也望着酒杯，「就算相當近代的人物，也有無法想像樣子的，比如 太平天國，也不算很久的事吧，可是那些領導人物長什麼樣子，就 **無從想像**。」

本來，在這樣的場合下，陌生賓客之間閒聊幾句十分平

常，可是這個人提出的話題卻**怪誕**非常，一點也不像閒談。我隨口「**嗯**」了一聲，他卻抬起眼來直視着我，眼神有點殷切，也帶點挑戰的味道，他說：「我有一個問題，常想找機會問問中國朋友。」

我頓時感到不妙，情況就好像一名喜劇演員被路人抓住不放，不停要求他講笑話一樣。

我連忙想辦法逃避，「和中國有關的問題，並不是每一個中國人都知道的，而且也不必要每一個中國人都知道中國的一切。」

「對，所以一般人解答不了我的問題，除非……**像衛先生你這樣非比尋常的中國人。**」

好傢伙，原來早就認識我，還給我戴一頂高帽子，我忍不住問他：「你說得太客氣了，請問閣下是？」

他連忙取出了一張名片遞給我，我接過來一看，上面印

的是漢字：班登。旁邊還有一行小字，註明他是一家大學的東方歷史研究所的研究員。

我順理成章地問：「東方歷史的內容很廣泛，閣下研究的專題是——」

「**太平天國**。」他說：「我一直在研究太平天國。」

我點了點頭，「這是中國近代史中很值得研究的一段，也十分**驚❤心動魄**，研究這段歷史的中國學者也很多，畢竟時間並不太久遠，資料也容易取得。」

我已經準備結束和他的談話，可是他不給我任何離開的空隙，立即又開口：「衛先生，太平天國時期的人，**喜歡在牆上繪畫**🎨。」

「是的，太平天國的壁畫很有特色。」我盡量回答得敷衍、沉悶、乏味。

但班登顯然要挖深一些，「最大的特色是，太平天國時

23

期的壁畫，**全都沒有人物。**」

「啊，好像是。」我依然很冷淡。

「衛先生，你不覺得這個現象很奇怪嗎？是不是那些人都有 **見不得人** 之處，還是有什麼別的原因，令他們都不願意留下自己的 **真面目** ？」

我已經不是刻意敷衍了，而是一時之間真的不懂回答，「或許沒有什麼 **神秘原因** ，只不過是他們的習慣而已。」

班登忽然變得十分急切，甚至揮舞着雙手，講話也急促起來：「不，不，一定有極其神秘的原因。只可惜攝影術晚了幾年發明，不然的話，太平天國那些人的樣子，一定可以留下照片來。」

我不禁覺得好笑，「你想知道洪秀全、楊秀清、石達開那些人的樣子，有什麼用？」

他瞪大了眼望着我，一副 **失望** 的神情說：「知道他

們的樣貌，自然沒有什麼特別的意義。可是他們為什麼不讓
自己的容貌留下來，卻十分值得研究。」

　　他望着我，顯然想知道我還有什麼意見，當時我只覺得
他是個 **愛鑽牛角尖** 的學者，所以也沒有太認真思考他
的提問。

恰巧那時有人在
叫：「演奏開始了，請
各位到演奏廳去。」

　　這一下叫喚，正好為我解
圍，我向班登作了一個「**失陪**」
的手勢，就不再理他，自顧自走
了開去，只見他的神情十分失望。

演奏會精彩絕倫，在四十五分鐘左右，當 柴可夫斯基 的樂曲演奏完了之後，在熱烈的掌聲下，音樂家又奏了

幾段小品，演奏會才告結束，賓客陸續離去，主人走過來向我打招呼。

我和主人不是太熟，只知道他是一位銀行家而已，寒暄幾句之際，他順口提到：「班登醫生是一個 怪人，你們好像談得很投契，講了些什麼？」

我有點 疑惑，反問：「班登醫生？還是班登博士？」

27

主人是用英語在交談的，「 🩺 醫生」和「**博士**」是同一個字，自然難以分得清。

沒想到主人說：「他是醫生。據說他以前是十分出色的醫生，後來忽然把醫生的頭銜捨棄，真是個怪人。」

我不禁怔了一怔，一位傑出的醫生竟毅然放棄 ✦**大好事業**✦ ，而去專注研究別國的某一段歷史，實在是一件相當怪異的行為。

看來班登這個人真不簡單，我開始對他感到好奇，想跟他認真地聊幾句，可是主人說：「他早就離開了，甚至沒有聽演奏，真可惜。他是聽說你會在今晚出現，所以特地來的。」

我「**啊**//」地一聲低呼，一時之間，頗有失落感。

原來他是特意來跟我見面的，但目的是什麼？難道就是為了討論太平天國那些頭子為什麼連畫像都沒有留下

來？我又不是中國近代史的專家，這種冷僻的問題，為什麼非要找我討論不可呢？

回家後，我有點急不及待，立刻去翻閱太平天國的史料。有一些專門講述那時期壁畫的資料，提到**太平軍**不論佔領了什麼巨廈大宅之後，都喜歡在牆上留下大量的壁畫。可是所有的壁畫上，都沒有人物，並且有明文規定，畫畫的時候，不能畫人像上去，至於為什麼，史料卻沒有解釋。

這本來是歷史上鮮為人知，很少人注意的一個小問題，但是一提起來，從 **神秘** 的角度猜想，就可以有許多不同的想像了。

人總是在失去了機會之後才懂得珍惜，此刻我真希望能和班登深入討論他提出的問題，可惜時間已是半夜，我只好拜託白素明天打聽一下班登這個人的資料。

而在這 **三更半夜** 的時分，突然有人急速地 *按*

門鈴，我腦海裏第一個浮現的人就是班登，可是開門才

發現，氣急敗壞地來找我的，卻是溫寶裕和胡説。

第三章

一場打賭

他們兩人雖然是我書房中的常客，可是在這午夜時分突然來訪，事前也不致電通知，實在**出乎我意料**。

而更令我感到驚訝的，是他們兩人的神態很不對勁，一看就知有十分嚴重的事困擾着他們。

兩人面色**半灰不白**，鼻尖和額頭不住地冒着汗，雙手手指絞在一起，**嘴唇發抖**，一副想説什麼又不知從何説起的模樣。

我嘗試先打開話匣子：

「小寶，你那些毛蟲，連魚缸一起拿回去吧，我亂餵了一些樹葉，不知道有沒有吃壞牠們肚子。」

溫寶裕現出一個十分**苦澀的笑容**來，煞白的嘴唇掀動了幾下：「毛蟲，還有屁用，自己沒嚇着人家，已經被人家嚇個半死了。」

話題一開，線索便來了，胡說也接着說：「女人真是**地球上最可怕的生物**，早知不和她們打什麼賭。」

「打賭？和什麼人打賭？打的是什麼賭？」我層層追問。

胡說和溫寶裕互望了一眼，驚恐之中又帶幾分尷尬，欲言又止。兩人頭湊在一起，低聲商議，聲音卻又恰好讓我可以聽見。

胡說先說：「講好了，不能向衛斯理求助的。」

溫寶裕道：「可是現在**事情鬧大了**啊，就算我們不對他說，他也會追問我們，等他知道了是什麼事，還能不插手嗎？這可不能算是我們向他求助。」

胡說點頭：「說得也是。」

他們一面「**低聲密議**」，一面用眼角餘波瞄着我，顯然是故意讓我聽到，希望引起我的好奇心，使我自行把事情查問出來，而非他們主動向我求助。

這時，我真是又好氣又好笑。他們一定是和什麼人打了賭，還講明不論發生什麼事，都不能來向我求助。可是如今真的**出大事**了，他們不得不來找我，卻又怕輸掉面子，所以不願開口。

我偏不上他們的當，刻意走到小魚缸前，拿着樹葉逗毛蟲玩，假裝聽不見他們在商議什麼。

　　兩人見我沒有反應，着急起來，胡說終於忍不住說：「認輸了吧，我不知她們闖了什麼**禍**，只怕不可收拾，還是早點解決好！」

　　溫寶裕也連連點頭，他們一同站起，向我走過來。

　　「和什麼人打賭了？」我並沒有望向他們，假裝神態自若地逗毛蟲玩。

　　只聽到他們嚥了一下口水，齊聲說：「**良辰美景。**」

　　我頓時一呆。良辰和美景是一對雙生女，十六七歲左右，愛穿紅衣，聰慧活潑，而且輕功絕頂，神出鬼沒，曾在陳長青的大屋出現，扮鬼嚇溫寶裕。關於良辰美景的來歷，將來有機會在其他故事中敘述。

　　白素的猜想果然沒錯，那些毛蟲是拿來嚇女孩子的，可是他們用毛毛蟲去嚇一對武藝高手，實在有點可笑，使我**忍俊不禁**。

「你還笑！」溫寶裕急得漲紅了臉。

胡説更是一臉後悔，「早知道就不來了，打賭還未正式落敗，卻先在這裏被人當笑話！」

見他們**尷尬**得想離開，我也不再逗他們了，匆匆收起笑容，關心地問：「那麼，到底發生了什麼事，令你們害怕成這個樣子？」

兩人互望着，都低下頭不出聲，我問：「是從一次**打賭**開始的，是不是？」

兩人點了點頭，胡説告訴我：「我們之間的打賭，也不止一次了，幾乎每次都是她們勝。」

溫寶裕立刻辯解：「當然，我們要讓讓女孩子。」

胡説繼續説：「最近一次打賭，是賭誰能令對方害怕，而且講好了，***不准向你求助***。」

我搖頭嘆息，「你們也太沒出息了，就只想到拿毛毛蟲去嚇女孩子？」

溫寶裕再強調一遍：「讓讓女孩子。」

我忍住不笑，繼續問：「那麼，她們做了些什麼，令你們感到害怕。」

溫寶裕憤然道：「**太過分了！**」

我立即想起下午，溫寶裕在這裏的時候，接到胡說的電話，當時溫寶裕也連說幾句「太過分了」，事情多半就是在那時候發生的。

我冷笑了一聲：「既然賭了，就要服輸，她們用什麼方法，把你們嚇壞？」

兩人又互望了一眼，胡說吸了一口氣，才用一種顫抖的聲音說：「她們弄了一具**活**的**木乃伊**進博物館。」

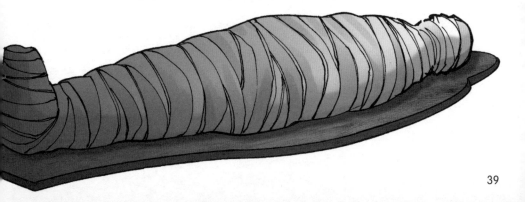

我怔了一怔，一時之間聽不明白。

什麼是「活的木乃伊」？木乃伊一定是死的，而且是死了很久的屍體，上面冠以「**活**的」這個形容詞，這不是太**匪夷所思**了嗎？

我望着他們兩人，兩人臉上一陣青一陣白，顯得十分恐懼。

「說得詳細一點。」我催促他們。

溫寶裕推了推胡說，「你先發現的，你來說吧。」

胡說嚥了一口口水，說：「博物館方面，向**埃及**借了十具木乃伊來展覽——」

這件事我是知道的，各大傳媒都有詳盡介紹。木乃伊是古埃及人處理屍體的一種特殊方法，古埃及人堅信人死了之後，靈魂只是暫時離開身體，總有一天會回來，再進入身體之中。所以他們就用盡方法保存屍體完整，為來日**靈魂復**

歸 之用。

這種保存屍體的習俗，充滿了 *神秘詭異* 的色彩。古埃及人用的方法十分有效，他們克服了細菌學、生理學、藥物學上的種種難題，用了許多獨特處方的藥料和香料，再用細麻布把屍體緊緊包裹起來，使得屍體不循正常的方式腐爛，而變成了 **乾屍**☠。

自然，不論古埃及人的信仰多麼堅決，事實上，並沒有什麼人在死了之後，靈魂又回來，再進入以前的身體。

幾千年來，木乃伊也一直「**備而 不用**」——幸虧如此，假若真有靈魂回來，進入了那樣的乾屍之中，又變成活人的話，那真是 **世上最可怕的事** 了。

幸而一直以來，「木乃伊復活」只是恐怖電影和小説中才會出現的事。但如今胡説和溫寶裕兩人提及「活的木乃伊」，難道良辰美景真有這個本事，能令木乃伊復活過來？

第四章

活的木乃伊

良辰美景固然**神通廣大**，但也決不會有能力將木乃伊弄活。多半是她們在運抵博物館的木乃伊中，做了什麼手腳，就嚇得胡說和溫寶裕這一雙活寶貝**手足無措**、**屎流屁滾**了。

一想到這一點，我心情就不再那麼緊張，細心聆聽胡說敘述事情的經過。

這次展覽活動由胡說一手策劃，為了展出借來的木乃伊，博物館騰出了主要的展覽大廳。

有關那十具木乃伊的資料，胡說早就做好了翻譯工作，讓職員把資料放在每一個 玻璃櫃 前，供參觀的人了解。

估計來參觀的人會相當多，所以在玻璃櫃之外，圍了欄杆，以防人太擠的時候，使玻璃櫃碎裂，造成意外。

一切準備就緒，十具木乃伊運到，在博物館的展覽廳中拆開木箱，把木乃伊放進玻璃櫃中。忙碌了一天半，總算告一段落，到了午間休息時間，胡說和工作人員一起離開。

過了休息時間之後，由於別的工作人員沒有事做了，所以只有胡說一個人回到展覽廳。他回來的時候，一切看似十分正常，可是只要細心一看，便發現第六號玻璃櫃中，竟然有 兩具 木乃伊！

當時，他心中也只是暗罵工作人員太粗心大意了，十個玻璃櫃，放十具木乃伊，每個一具，清清楚楚，怎麼會在一個櫃子中擠了兩具進去呢？

他立即向其他櫃子望去，看看是哪一個櫃子空了。可是一眼望去，其餘九個玻璃櫃中，卻 **沒有一個是空的**，它們都各放着一具木乃伊，清清楚楚，絕不含糊。

如今在展覽廳中的木乃伊，是十一具，而不是十具！

胡說的心不禁怦怦亂跳，雖然在白天，也感到了一陣寒意。

他很清楚，運抵的木乃伊只有十具，不可能出現十一具。而且午休離開的時候，也明明確確是十具，怎麼會忽然多出一具來呢？

他感到怪異莫名，**戰戰兢兢**地走到第六號玻璃櫃前。每一個櫃子的鑰匙都由他掌管，他發現櫃子還鎖着，便拿出鑰匙，**手不由自主地發抖**。

他盯着櫃子，一下子就能分出哪一具木乃伊是多出來的。因為那十具木乃伊，都超過**三千年歷史**，包紮着的布條，在當時不論多麼潔白結實，也早已變黃變霉，殘舊不堪了。

可是，多出來的那一具，布條卻是✨**簇新**✨的，並不像古物。

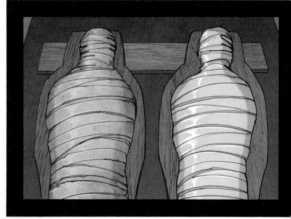

胡說看清楚這一點之後，猛然想起了他和良

辰美景之間的打賭，不禁「**哈哈**」一笑，拿着鑰匙的手也不抖了，心中懼意全消，反倒覺得有趣。

　　他心中也佩服良辰和美景，因為要把這樣一個假木乃伊神不知鬼不覺地弄進博物館來，絕非易事。不過，良辰美景以為這樣就能令他害怕，也未免太天真了。

　　胡說打開了櫃子的玻璃蓋，伸手進去，抓住了那個假木乃伊。在他的想像中，那木乃伊的**白布條**內，一定是棉花、海棉之類的物體，不會很重，一隻手就可以將它抓出來。

　　可是他一抓之下，才發覺那木乃伊相當重，而且抓上去的感覺，**竟然像是活的**！

　　胡說的手疾縮回來，呆呆地望定了那木乃伊，一時之間，不知如何才好。

　　他發現那木乃伊的胸口部位在微微起伏着，像呼吸一樣，他伸手輕輕按下去，竟感覺到一種十分**輕微的跳動**，有點像人的心跳，嚇得胡說慌忙又縮回手來，連退

了幾步，張大了口，心中在想：「不會的，不會的，木乃伊在製作的過程中，所有內臟會被取出來。**沒有心，哪來的心跳？**同樣的，沒有肺，又哪來的呼吸？」

他勉力定過神來之後，慌忙把玻璃蓋子蓋好並鎖上，找來一大幅白布，蓋住這個第六號櫃子，免得他人發覺櫃子

裏多了一具木乃伊，而且還是活的。接着，他立即 **打 📞電話**找溫寶裕。

溫寶裕當時正在我家裏，兩人在電話中匆匆交

換了一下意見，溫寶裕也認定那是良辰美景的**把戲**，所以立時放下那盤毛蟲，匆匆趕去博物館與胡說會合。

胡說講到這裏，停下來向我望望，我說：「溫寶裕趕去和你會合，是下午的事，如今已是**午夜**，在這期間，事情一定又有了意想不到的發展，才會嚇得你們現在來找我？」

胡說點了點頭，繼續敘述。溫寶裕趕到博物館後，由於館內其他地方仍有不少職員和遊客，所以他們兩人沒有立刻作什麼行動。一直等到**六點鐘**，博物館的員工和遊客相繼離去，只剩下胡說和溫寶裕兩個人時，溫寶裕吩咐胡說反鎖了展覽廳，着亮了燈，但盡量把燈光調得**暗淡**，不要張揚，然後才開始着手對付良辰美景的把戲。

他們把蓋在第六號櫃子上的巨布拉了下來，睜大雙眼注視着那「**活的木乃伊**」，溫寶裕立即發現，木乃伊的胸口果然緩緩地起伏着，猶如在**呼**吸。

溫寶裕吞了一下口水，叫胡說把蓋子也打開來。胡說照

做，將蓋子打開。溫寶裕戰戰兢兢地湊近去看，立時**嚇得**

跳了起來，因為剛好那個時候，那木乃伊的身體忽然**扭動了幾下**，感覺好

像被布條包紮得不舒服，想掙脫布條一樣。

溫寶裕後退了幾步，撞在他身後的胡說身上，胡說

也看到了木乃伊那種難以形容的醜惡兼恐怖的**扭動**，兩人都張大了口，出不了聲。

但溫寶裕忽然深吸一口氣，昂首挺胸說：「嘿，這種**鬼把戲**嚇不了我們的！你是良辰還是美景？快乖乖投降認輸吧，否則從現在開始把你關到展期結束，天天讓市民圍觀！」

那木乃伊沒有什麼反應，而胡說卻在旁邊戳了一下溫寶裕，說：「那應該不是良辰美景扮的。」

「**為什麼？**」

「她們雖然貪玩，但不至於蠢到把自己包紮起來，困在

玻璃櫃裏大半天。」胡說漲紅了臉，「況且，如果真是她們其中一人的話，那麼當我摸到木乃伊心跳的時候，我的手肯定已被她們 剁成肉醬 了。」

溫寶裕覺得很有道理，頓時又變得驚恐起來，「那麼⋯⋯如果不是她們，這⋯⋯裏面是什麼？」

胡說想了一想，壓低了聲音說：「會不會她們隨便抓了一個人，迷暈了，包紮成木乃伊來嚇我們？」

溫寶裕大感駭然，「不會吧！要是把這個人悶死了，一場小小的打賭，豈不演變成 一宗命案 ？」

第五章

周全之計

　　溫寶裕慌忙伸手去解開木乃伊的白布，但胡説一把拉住了他，後退幾步，把聲音壓得十分低：「不行。我們不知道被布條裹着的是什麼人，他被綁了那麼久，醒來之後定必大發脾氣，不但會襲擊我們，還可能破壞博物館裏的珍藏，後果很嚴重。我們還是，讓警察來處理吧。」

　　胡説拿出手機正想報警之際，又到溫寶裕阻止了他，反對道：「也不行。受害者多半不知道**罪魁禍首**是誰，追究起來，我和你的嫌疑最大，跳進黃河也洗不清。就算我們大義滅親指控良辰美景，以她們的輕功，誰能抓得住？無憑無據，誰會相信我們？」

「那怎麼辦啊？這個人再不鬆綁，**會不會死？**」溫寶裕着急地問。

胡說細心地觀察了一下那木乃伊，極力保持鎮定地說：「我看他呼吸十分安穩綿長，鼻子位置的白布可能有透氣孔，生命應該沒有大礙，他可能只是**被迷暈了**

還沒醒。」

「可是我們終究也要把他救出來的！」

「對，但絕對不能在博物館裏把他解開來，我們必須找個最理想、最安全的地方。」胡說皺着眉，苦思惡想哪個地方最適合。

溫寶裕突然 **靈機一動** 說：「我看，陳家大屋後面的空地就不錯。」

陳家大屋指的是陳長青以前的住所，那是一座非常宏偉的巨宅，五層高，共有三百多個房間，還有地窖，而大屋的後面，是一大片山坡，**渺無人煙**。

胡說一聽到溫寶裕的建議，也大表贊同，「對！我們在後山把他解開後，速速溜回屋子裏，暗中用望遠鏡觀察他，如果他身體受傷或出了什麼毛病，需要幫助，我們也可以馬上去援助他。」但胡說突然又苦着臉，「不過，只怕良辰美景會在陳家大屋的暗角裏偷看我們笑話。」

溫寶裕 **昂首挺胸** 說：「所以我們不能展露出被嚇怕的模樣，現在我們是去終結她們的把戲，我們才是 **贏家**！」

好在博物館這時沒別人，胡說先去安排車子，博物館有幾輛客貨車可供他調用，他弄到了一輛。

在胡説離開的時候，溫寶裕一個人在展覽廳中，在 **半明半暗** 的燈光下，單獨面對着十具木乃伊，倒不會感到害怕，因為他的注意力全放在另外一具「活的木乃伊」身上，好幾次想安慰幾句，表示立刻就可以釋放他，可是都忍住了不敢開口，怕弄醒他，還暴露了自己的身分。

溫寶裕心中不禁罵起良辰美景來，早知道她們會 **胡作非為** 到這種地步，就不和她們打賭了。

胡説回來後，兩人一起動手，將那「活的木乃伊」自玻璃櫃中搬出來，在搬動期間，「木乃伊」輕微扭動着，但力道也相當大，令得他們有點 **手忙腳亂**，好不容易才搬到了停車場去，弄上了車子。

胡説立刻驅車前往陳家大屋。

我聽他們講到這裏，忽然發現白素不知什麼時候已站在不遠處聽着，她禮貌地向我們點點頭説：「不好意思，聽你

們説得起勁，所以沒有打擾。」

　　她説着便走過來坐下，然後發表她的見解：「我猜想，那具木乃伊，在白布條下面裹着的，**不是人。**

　　胡説和溫寶裕一聽，像是遭到了雷擊一樣，**直跳了起來**，張大了口，瞪着白素。

　　我立刻質疑道：「你怎麼知道？」

「**動動腦筋就知道了**，如果包裹着的真的是一個人，不論那是什麼人，有多兇惡，有否受傷，甚至不幸弄出了人命，他們至多也是報警，叫救護車，或是逃之夭夭，而沒必要來這裏，把事情一五一十告訴你。」白素説着還以得意的眼神望着我。

我不甘被她搶了風頭，連忙搶回主導的地位，追問他們：「那包裹着的到底是什麼，竟把你們嚇成這樣？」

兩人牙齒在打顫，異口同聲道：「**不……不知道……是什麼。**」

那像話嗎？他們一定已解開過白布了，卻説不知道包裹着的是什麼。我剛想斥責他們，可是細心一想，那或許正是

他們如此害怕的原因，所以也不再出聲，等他們自己講下去。

胡說推了推溫寶裕，溫寶裕又推了推胡說，胡說推搪道：「我有點口吃，不像你那樣伶牙俐齒，還是由你來說好。」

溫寶裕苦笑，嚥着口水，搔着頭，咳嗽了幾下，長嘆了一聲才說：「車子開到了陳家大屋，先仕屋子門前停了停，天色黑，我進去拿電筒⋯⋯」

溫寶裕拿了電筒回到車上時，胡說已鎮定了許多，因為陳家大屋一帶可以說是他們的「勢力範圍」，不必怕被人發現了。兩個人還互相吹起牛來，胡說道：「哼，想把我們嚇倒，也不是容易的事，她們沒有在屋子裏？」

溫寶裕說：「誰知道，或許正躲在什麼角落看我們，哼，看到我們處變不驚，做事乾淨利落，只怕她們

心中也不得不佩服。」

兩人互相吹着牛，又想到良辰美景可能正在 **暗中窺伺** ，可不能把膽小狼狽的窩囊相落在她們眼中，所以行動起來也格外精神。

車子駛到屋子後面的山坡地停下，他們下了車，自車廂中把那「木乃伊」抬了出來。

在抬出來的時候，「木乃伊」又扭動了幾下。天色很黑，星月微光之下，白布有一種 **異樣的慘白色** ，看起來怪異得很。

兩人把「木乃伊」放在草地上，胡說拿着電筒，溫寶裕則取出隨身帶備的 **小刀** ，打算割開「木乃伊」頭部的布條，但胡說連忙制止道：「不好，這樣會讓他看到我們。」

「那怎麼辦？先從腳解起？」溫寶裕低聲問。

胡說想了一想，說：「我看，先把手臂位置的布條割斷

就可以了，雙手鬆了綁，餘下的布條他自己就能解開，我們

也可以趁機逃回屋內。」

　　溫寶裕覺得有道理，因為木乃伊通常是雙臂交叉放在

胸前，於是他便開始割開那個部位的布條，他那柄隨身帶來

的小刀，用途甚多，諸如挖掘植物標本、解剖隨手捉到的

小動物或昆蟲等等，平時一直保持着十分鋒利的狀態，這

時用來割布條，頗有點**大材**小用，布條一碰到刀鋒，自然摧枯拉朽似的，紛紛斷裂。溫寶裕隨手把斷布條拉開，胡說一直用電筒照着。

約莫不到五分鐘，胡說忽然低呼了一聲，聲音有點*變調*：「這個人……這個人……」

溫寶裕還在埋頭苦幹，頗有點責怪胡說大驚小怪，轉過頭來問：「這人怎麼啦？」

胡說的臉，隱在電筒光芒之後，看起來朦朦朧朧，再加上他的聲音十分尖銳，聽來有點陰森怪異的感覺，他說：

「**這個人……好像沒有手臂！**」

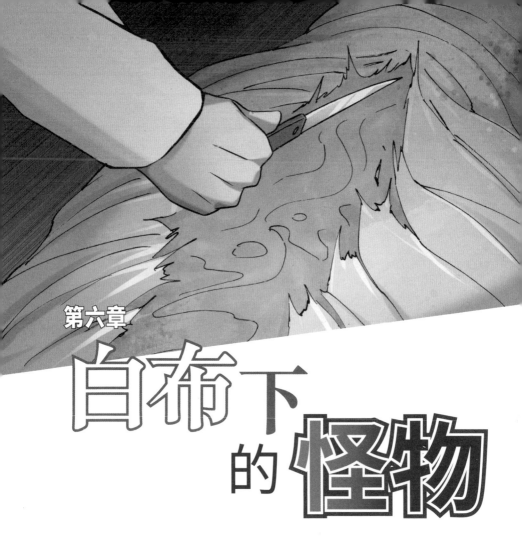

第六章
白布下的怪物

　　胡説這樣一叫，溫寶裕連忙轉回頭去，望向被割開了的布條下面露出來的情形。一看之下，他也不禁呆住了，作聲不得。

他割開的布條已經相當多，露出來的地方正好是雙臂的部位，可是他看不到手臂，只看到圓厚的「身軀」，皮膚有一種説不出來的怪異，而且像是在微微顫動着。

溫寶裕大起膽子，伸手往那皮膚上，捺了一下。他手指捺下之處，十分柔軟，柔軟得出乎意料之外，絕不似任何人的皮肉。他手指捺下過的地方，立時出現了一個凹痕，但是那皮肉極富彈性，被捺出來的凹痕，一下子就恢復了原狀，而且還出現了小小的紅印。

溫寶裕這時才知道害怕，怪叫了一聲，站起身來，卻又站不穩，跌在胡說的身上，兩人在草叢中滾作一團，掙扎了一會才能站起身來，胡說急問：「那⋯⋯那是什麼？」

溫寶裕聲音乾澀：「不⋯⋯不知道。像是⋯⋯一大堆肉，**一大堆活的肉**⋯⋯⋯⋯」

胡說聽了有點作嘔，埋怨道：「你不能用好聽一點的形容詞嗎？」

溫寶裕嘆着氣，「你自己去看看，看可有什麼優美的形

容詞可以形容它。」

　　胡説深深地吸了一口氣，鼓足了勇氣，把**電筒**射向目標。那時，他們離目標約有三公尺左右的距離，電筒光一射上去，目標對強烈的光線有反應，在光照之下，又扭動起來。

　　這一扭動，令得斷裂的布條又散開來不少，可以看到它的部分也更多了，就人體形狀而言，那是自頸而下，差不多直到腰際的部分。也就是説，如果那是一個人的話，這時應該可看到人的胸膛、雙肩、雙臂、雙手等部位。

　　可是，**那東西顯然不是人**，它在扭動着，柔軟的皮肉在顫動，看起來有點像一大堆**果凍**，「胸口」部位起伏不定，有着明顯的乳頭，那是像男性的乳頭；可是兩個肩頭上卻沒有手臂，連接口的痕迹也沒有，怪異非常。

溫寶裕問胡說：「你的形容詞好聽點，告訴我，那是什麼？」

胡說苦笑道：「一堆⋯⋯一堆活的肉。」

溫寶裕忽然想到：「那會不會是用特殊物料造成的**假人**，裏面還裝了馬達，甚至是可以**遙控**的，良辰美景就在暗地裏指揮着它扭動，來嚇我們？」

「說得有理。」胡說點點頭。

兩人強作鎮靜，向那東西走近去，每接近一

點，就愈是覺得剛才的假設難以成立，因為在電筒光芒下可以清楚看到，那東西皮膚上有毛孔，甚至有汗毛，細細密密的，就像人皮膚上的汗毛一樣，是一種和它的皮膚同樣顏色的汗毛。

他們只知道良辰美景輕功了得，卻不是能夠造出如此精細假人的技術專家。兩人在那東西前站定，各自吞嚥着口水。

過了好一會，胡說才說：「這樣總不是辦法，看看……他頭部……是怎麼樣的。」

溫寶裕連忙將手中的小刀向胡說手中塞去，「你才是這方面的專家。」

胡說義不容辭地接了過來，瞪了溫寶裕一眼，作了一個手勢，示意溫寶裕把電筒光對準一些。胡說把刀尖塞進了布條之中，一下又一下地向上割着，不一會，就自頸到額

頭，把布條全都割裂了。他吸了一口氣，把刀往草地上一插，雙手去把割裂了的布條拉開來。

如果當時旁邊還有其他人的話，一定會被胡説和溫寶裕的慘叫聲嚇得**魂飛魄散**。他們看到的絕對不是人類的頭，雖然形狀有點像，但沒有「脖子」，只是一個緊接在「那堆活肉」上的**球狀物體**，同樣看來柔軟，有幾道折紋在緩緩蠕動着，當中似乎還有一些看來黏乎乎、半透明的**黏液**，正在分泌出來。

它也沒有「**頭髮**」，在光秃的頂部，有着幾個**淡肉紅色**的圓形凹陷處，也在蠕動着，同樣有那種黏乎乎的液體在滲出來。

整個形象之恐怖，直叫人頭皮發麻、手腳發顫、心頭發冷、口舌發乾，他們兩人沒有立時逃去，還能發出慘叫聲來，已算是十分堅強的了。

　　過了好久，他們兩個才不由自主喘着氣，互望了一眼，也不説什麼，心意全是一樣的，那不知名的東西，如果棄之不顧的話，不知會造成什麼影響，雖然它噁心可怕之極，但既然良辰美景也敢把它包紮起來，搬來搬去，堂堂兩個**男子漢**總不能和她們差得太遠。

　　所以，他們脱下了身上的外衣，把那東西勉強裹住，又抬回車上去。還好那東西並不如想像中那麼軟，可以一個抬「頭」，一個抬「腳」，像它在「木乃伊」狀態時一樣，弄到了車上。

　　他們一面抹着汗，一面喘着氣，溫寶裕説：「弄回**陳家老屋**去，先放在左翼的地窖，如果良辰美景來了，一定會看到，知道我們並沒有被她們嚇倒。」

　　陳家大屋的地窖左翼，以前是放靈柩的地方，如今靈柩已全搬走，空間極大，是良辰美景特別喜歡去的地方，幾

乎是她們專屬的室內運動場，常常施展輕功「飛」來「飛」去。

胡說坐上駕駛座後，手還在 發抖，在開動車子前忽然說：「那……東西下半截的布條，還沒有……解開，不知道是什麼樣的？」

溫寶裕吞了一口口水：「誰知道，那……東西沒頭沒腦……有什麼上半截下半截的。」

胡說苦笑了一下，「那是什麼生物？難道是 **海牛的** **胎兒**？」

溫寶裕跟着 **苦笑**，「你是學生物的，都不知道，我怎麼知道。」

不一會，車子到了陳家大屋門口，對他們兩人來說，把那不知名的活物搬到地窖去，又是一次痛苦並驚駭無比的經歷，徹底挑戰他們忍受程度的極限，以致他們一把那東西搬進地窖後，立即抓回裹在那東西身上的衣服，連再多看一眼的勇氣也沒有，掉頭就跑，奔出了屋子，兩人異口同聲地叫了出來：**「找衛斯理去！」**

第七章

誰的惡作劇？

　　胡説和溫寶裕駕着那輛博物館的車子，直駛到我這裏來，一路上，愈是想到那個不知名的活物，愈是心驚肉跳，所以一進來的時候樣子那麼難看。現在他們已把一切全講出來，神情緩和了不少，可是仍然**臉色蒼白**，可見那東西給他們兩人的震撼，實在非同小可。

　　我和白素互望了一眼，**用眼色互問**：「那會是什麼？」

白素道：「要去看過再説。」

看來親身去看一遍是免不了的了，我站起來，問他們

兩人：「你們始終沒有解開另外一半布條，**看個究竟**

嗎？」

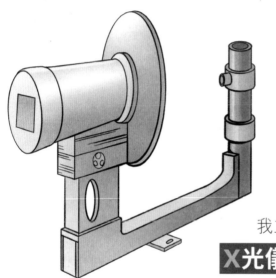

兩人面有慚色，溫

寶裕説：「那東西……

看起來實在有點噁心，

所以……」

我立時想起道：「不是有一台

X光儀 在那地窖裏麼？」

他們頓時 **如 夢初醒**，胡説拍了一下額頭説：

「我怎麼沒想到，用X光照上一照，總會有些線索，讓我們

知道那是什麼東西。」

這個提議令他們回復動力，連聲叫好。我們一起出門，

乘坐胡說的博物館車子，直往陳家大屋駛去。一路上，大家**各抒己見**，討論那東西究竟是什麼，我和白素由於還未見過那東西，所以能發表的意見不多。胡說專心駕車，倒是溫寶裕說的話最多，可是他又驚惶過度，有點語無倫次，扯到**鬼神妖魔**去了。

等到車子駛進山坳口，能看到陳家大屋屋頂時，溫寶裕突然緊張起來說：「那東西會不會**突然跑脫？**它若在城市中亂轉，我看全市的心臟科醫生都得改行了。」

「為什麼？」我們都對他的話感到莫名其妙。

溫寶裕卻一本正經道：「患心臟病的人，一見了那東西，保證會嚇死，病人死光了，醫生還不改行麼？」

我和白素**相視而笑**，但目睹過那東西的溫寶裕和胡說卻一點笑容也沒有，顯得非常認真。

車子轉過了山角，可以看到陳家大屋的正面了，只見月

明星稀，忽然有 **兩條紅色的人影**箭也似疾，自陳家大屋直撲了出來。胡說嚇得大力踩煞車掣，車身劇烈震動起來，眼看相撞難以避免之際，那兩條紅影突然又拔身而起，一閃就不見了。

我告訴白素：「是良辰美景。」

白素聽過她們的事，卻未見過真身，這時不禁讚道：「果然*好身手*。」

胡說好不容易煞停了車，車身上立時傳來乒乒乓乓的敲打聲，兩把少女的聲音連珠炮般嬌叱道：「兩個小鬼，快滾下來！你們幹了什麼事？**太過分了！**」

「你們才太過分！」溫寶裕一面反駁，一面開門跳下車去。胡說也有點童心未泯，立即下車為溫寶裕助陣。

我和白素在車上看戲，只見良辰美景這一對雙生女，圓鼓鼓的臉漲得通紅，神情既驚且怒，眼睛睜得滾圓，頰上的

酒窩時隱時現，十分可愛。

她們齊聲說着話，音調、神情、吐字，無不相同，看起來，就像是一個人身邊放着一面鏡子一樣。平日伶牙俐齒的溫寶裕，在她們面前也找不到插進話去的機會。只聽得她們在不斷地**數落**：「你們太過分了，我們承認我們害怕，可不代表你們贏了，你們不要臉，去找人幫忙，說好不能找人幫忙的，哼哼！」

　　她們的冷笑聲是一先一後發出的，聽起來有接連冷笑兩聲的效果，十分有趣。溫寶裕的臉漲得通紅，直到這時才找到機會大喝一聲：「有完沒完？你們在講些什麼東西，亂七八糟，語無倫次，跟你們的**鬼把戲**一樣噁心！」

　　「你這個小鬼頭說什麼！」良辰美景**怒不可遏**，揚起手來，要向小寶打去。

　　小寶沒有躲，胡說卻一步跨過來，擋在小寶面前，喝道：「來吧！讓我見識一下你們習武之人的武德！」

　　良辰美景雖然十分憤怒激動，可是一聽胡說這樣說，揚起的手也硬生生地收回來，**憋着一肚子氣**。

　　此時白素微笑着推門下車，良辰美景一見是女的，對這位大姐姐特別有好感，一人一邊拉住了白素的手，撒起嬌來：「白姐姐，他們欺負人！」

　　良辰美景果然聰明伶俐，一看就猜到那是白素。我也連

忙下車，維持男女數目平衡，為男生説話：「説話要公道，他們怎麼欺負人了？他們被你們嚇個半死呢。」

良辰美景卻朝我做起**鬼臉**來，「衛叔叔，我們早知道他們兩個一定會找你幫忙，地窖裏那東西，**人不像人，蛆不像蛆，活不像活，死不像死**，一看就叫人想吐，你到底是從哪個星球弄來嚇我們的？」

好一對口齒伶俐的丫頭，居然喊我叔叔，對白素卻叫姐姐，若不是有更重要的問題，我必定跟她們算帳。

「那東西不是你們弄來嚇他們的？」我問。

良辰美景一起誇張地**尖叫**起來：「我們？剛才我們不小心碰到了它，現在還想把自己的手指剁掉算了！那麼令人

噁心的東西，只有噁心的人才弄得出來！」

我立時板着臉投訴：「喂！剛才你們還說是我弄來的！」

她們 **吐了吐舌頭**，然後躲到白素背後忍不住大笑。

我沒有和她們計較，因為感到事態有點嚴重，如果那怪東西不是他們四

個年輕人弄出來的惡作劇，那麼到底是誰將這樣一個 **人見人怕** 的怪東西包紮成木乃伊，弄到博物館的玻璃櫃子去？而目的又是什麼？

當意識到那怪東西根本不是他們任何一方的惡作劇時，大家都不禁*背脊**發涼*。

「我們去看看那東西吧。」我說。

他們點點頭，兩男跟在我的後面，兩女跟着白素，我們六個人一起走進大屋去。

我們戰戰兢兢地走下梯級，前往地窖，發現地窖裏燈火通明，顯然是剛才良辰美景心急慌亂，衝出去的時候忘了關燈。所以，我還未走完 *梯級* ，就在燈光下看到那東西了。

雖然我已在胡說和溫寶裕的形容中，在良辰美景害怕的神情下，知道那東西又醜又噁心，可是當我親眼看見它時，還是不由自主地*倒抽了一口**涼氣*。

那是什麼東西，簡直無以名之。單是那種像是剝了皮，新肉一樣的顏色，看了已令人起雞皮疙瘩。而且，它的形狀

似人非人，當我看到它的時候，它正在**不斷地扭動着**，全身好像都是軟軟的一堆肉，扭動時看來有點笨拙，可是又很堅決。它約莫有一百八十公分長，「頭」部除了有皺折外，還有些孔洞，孔洞邊緣的皮膚層比較厚，在作不規則蠕動，有一些黏液分泌出來。

它可能已扭動了相當久，所以下半身的布條也鬆脫了不少，幾乎是全身顯露出來了。它沒有雙腿，只是身體下半部比較尖削，扭動得也比上半身劇烈。

整個形體看來就像是一條 **放大**了**幾千倍**的 **蛆蟲**，噁心之極！

第八章

怪異的構造

「天啊！這算是什麼東西，是生物麼？」我不禁驚呼。

白素的聲音比較鎮定：「當然是生物，牠在動。不過，照牠的形狀來看，牠的體積不應該這麼大……感覺好像放大了好幾百倍。」

我吸了一口 氣 ——實在也不太敢吸氣，因為那東西「頭部」幾個孔洞的動作，看起來像是在「呼吸」，誰知牠呼出來的是什麼氣體，我如果吸氣，豈不是無可避免要吸進去？

「如果體積小些，你以為牠是什麼？」我問。

白素想了想，回答道：「我會以為牠是⋯⋯**一隻**白蟻**的蟻后**。」

我呆了一呆，白素的形容確是恰到好處。

白蟻的蟻后不容易親眼目睹，一般都在科學紀錄片中看到，就是這樣軟綿綿、爛塌塌、不知所云的一團。

我在一看到那東西之後，就停了下來，直到這時，我才向下繼續走去，到了那東西身邊。一到牠身邊，我遮住了一點燈光，那東西就停止了扭動。我心中一動，故意站開了一些，燈光一照到那東西的「頭部」，牠又**扭動**起來了，我連忙說：「看，牠對**光線**有反應。」

幾個人都站了過來，遮住燈光的部分更多，牠果然完全安靜下來，只有「**胸部**」在微微起伏。

「牠好像在呼吸。」我說。

良辰美景因為人多，也沒有那麼害怕了，齊聲向着我問：「這……就是你小說裏常説的 **外星人**？」

我遲疑了一下，「難説得很，至少，牠如果是地球生物的話，我們都沒有見過，甚至不知道有這樣的一種生物存在。」

我注意到，那東西的呼吸十分緩慢，慢到不合理的程度，那是以牠身體的大小來判斷的，牠彷彿並不需要太多**空氣**，卻又必須呼吸。呼吸可説是地球生物的特徵，而照牠呼吸那樣緩慢的情形來看，這東西有點像處於 **冬眠狀態** ^{zz} 之中。一想到這一點，我不禁「啊」地低呼一聲。

而我身邊的白素也同時「嗯」了一聲，似乎和我想到了同一件事。

果然，我們接下來的動作是一樣的：一起伸出手來，在

那東西的「肩頭」部分，按了一下。

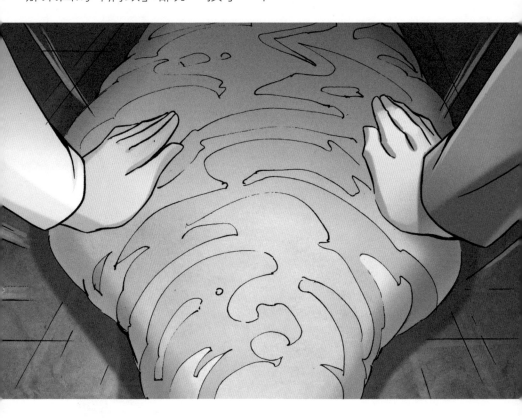

　　那東西看起來十分軟，像果凍一樣，可是實際上並不如

看上去那樣軟，否則胡說和溫寶裕兩人也無法將牠搬來搬去

了。

手按上去，牠的表面會下陷，可是那感覺比按在人的皮膚上還要硬一些，猶如有一層 外殼。

我和白素又對望了一眼，我開口說：「這東西，看來像一隻 蛹 。」

白素也點頭表示同意。

說那東西像一隻蛹，那是極富想像力的大膽假設，蛹是昆蟲成長過程中的一個階段，如果那東西真的是一隻蛹，那麼將來破繭而出的成蟲，**豈不是和人類差不多大小？** 那只會在幻想小說或電影中才會出現。

94

但白素也有同樣的猜想，因為這個假設多少有點根據，我說：「牠對光線有十分敏銳的反應，光線強烈，會令牠**不安**，扭動身體；當光射不到牠身上，牠就平靜下來，這正是一般**蛹**的**特性**。」

胡說是這方面的專家，他也接受了這個看法，「是，牠扭動的方式，呼吸的節奏，看起來都像是一隻**放大**了**幾千倍**的**蛆蟲**。」

這時溫寶裕和良辰美景合力把陳長青的那具X光儀推過來，當然少不免又爭吵一番。

「儀器應該放在這邊！」

「不！放那邊才方便！」

「喂！你**笨手笨腳**的，撞到我的腳了！」

「我是故意的。」

「別吵，我要打電話！」我喝了一聲，然後掏出手機，

但發現地窖裏的信號十分微弱。

「打電話給誰?」良辰美景好奇地問。

「我看,這東西最終還是要送去設備齊全的地方,才能檢驗清楚。」我説。

白素立刻點頭認同,「對,一家設備齊全的 **十 醫院**,應該可以對這生物作詳盡的檢查。」

這時溫寶裕已經十分無禮地湊過頭來,偷看我打電話給誰,當他看到我點選的名字時,立即興奮高呼:「**噢!是原醫生!**」

溫寶裕對那位充滿傳奇色彩的原振俠醫生聞名已久,十分仰慕,居然從我手中搶去了手機説:「我當你的秘書,幫你打電話給他!」

説着已經 **一溜煙衝上樓梯** ,找個信號強一些的地方去打電話。

我看溫寶裕那樣起勁，只能嘆氣一聲，由得他了。

這時候，胡說已經把X光儀

接駁妥當，咬着牙，將

那東西翻轉了一下，

再用X光透視牠體

內的組織，發現

牠有翼狀骨骼的

結構。

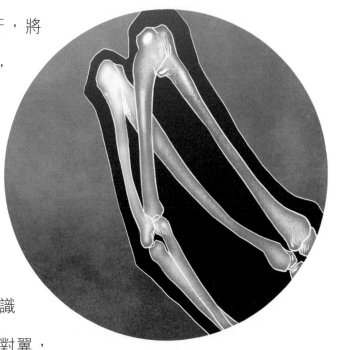

　　胡說一面看，

一面以他的專業知識

發表意見：「這一對翼，

照骨骼的長度來看，應該十分巨大，如果全伸展開來，面積

至少有六平方公尺。不過……它的骨骼十分纖細，怎足以支

持那麼大面積的*翅翼*？」

我想了一想，説：「由於牠體積十分大，所以我們一看到牠有翼，便想到鳥類或蝙蝠的翼，都是十分巨大厚重的。可是實際上，有些生物的翼，是十分輕盈纖薄，甚至薄到透明，像蜻蜓的翼和大多數昆蟲的翼……」

但胡説搖搖頭，「那種脆薄的翼，在 *空氣力學* 上來説，無法令那麼龐大的身軀飛起。」

正説着，溫寶裕已經奔了回來，大聲報告：「原醫生不在，他在電話錄音裏説自己到南中國海尋找 **愛神** 去了。」

我和白素互望着，不知道那位古怪俊俏的醫生又在玩什麼花樣，什麼叫「尋找愛神」？

他不在，多少有點令人失望，可是溫寶裕又説：「不過，我 **鍥而不捨** 地重複撥打他的號碼，終於有另一個人來接聽，他同樣是醫生，住在原醫生那裏，我向他簡單講了一下情形，他説他也可以安排醫院方面進行全面檢查，立刻就到。」

我聽了自然覺得大為不妥，斥責道：「小寶，原醫生已

在電話錄音裏交代自己不在家，你怎麼還拼命重複地打去！

還有，這怪東西**異常恐怖**，又來歷不

明，暫時愈少人知道這件事愈好，你怎麼

可以隨便對人說！」

溫寶裕眨着眼，「我想……總需要

一家醫院幫忙的，既然這位班登醫生能

住在原醫生那裏，自然是原醫生的好朋

友……」

我和白素聽到

了，大感意外，不

約而同地問：「**那**

位醫生叫班

登？」

溫寶裕點頭道：「對，他說他叫班登，聽名字像是洋人，可是講得一口很好的中國話。」

聽了溫寶裕的描述，我和白素都認定這個班登就是上次在音樂會裏遇見過的**那位怪醫生**。世界真小，沒想到他竟然會住在原振俠的家裏。

溫寶裕看出我們神色有異，好奇地問：「怎麼，你們認識那位班登醫生？」

我苦笑道：「見過一次，他據說改了行，當了歷史學家，沒想到原來還在行醫，他說他會來？」

溫寶裕點頭，「嗯，他會**駕車**來，把我們要研究的東西送到醫院去。我已提及那東西非常古怪噁心，他說沒問題，而且一定會保守秘密。」

我總覺得事情還有點不對勁的地方，可是一時之間又說不出來。

第九章

怪醫生的怪行為

我們從X光透視中看到，那東西體內，有拳頭大小的一團陰影，在緩緩蠕動，看起來就像是人的心臟。

但他們四個又開始七嘴八舌地爭論着，有人說那不是心臟，而是肺部；有人說那是 外星人 的 胚胎；更有人說那其實是機械人的發動機……

我望向白素，想聽聽她的意見，她卻搖着頭說：「我不知道那是什麼，只知道那是一種生物。等班登醫生到了，把

牠帶到醫院作詳細檢查，或許才有更多的線索。」

　　那東西看起來確實令人噁心，可是好奇心勝過了一切，我伸手在那東西身上按着、敲着，若是力道大些，那東西就會有反應，會扭動。溫寶裕和胡說也跟着我，觀察了那東西好一陣子，直到屋外傳來了車子**響號聲**，溫寶裕奔了出去，不一會，就帶着班登醫生走進來，果然就是我見過的那位班登醫生。

　　他見到我和白素，沒有感到意外，這倒可以説是溫寶裕在電話中已提及過我，畢竟溫寶裕是用我的**手機**，以我的名義打電話去的。可是，他見了那怪東西之後的神態，卻令我大感疑惑。

　　雖然他見到那怪東西時，確實展現了一個神情來，但那神情中卻缺少了一種驚愕感和噁心感，好像只是**例行公事**地做出一個意外表情而已。

「班登醫生，*世界真小*，是不是？」我和他握手，然後老實不客氣地問他：「你見了這東西，不覺得有作嘔的感覺？」

班登「哦」地一聲說：「不會，我是醫生，見過不知多少可怕的情況，訓練有素，**見怪不怪**了。」然後他話鋒一轉，反問我：「溫先生在電話裏大概說了一下這東西的情況，我倒想聽聽衛先生你的意見。」

　　沒想到他的「回馬槍」十分厲害，我只好乾笑着，說了一些自己的推測，他聽得很用心，好像對我的意見比對那東西更感興趣。

　　我們各人都發表了一下自己的意見，說完後，班登顯出有點失望的神情，忽然說出了一句我意想不到的話來：「衛先生，依你看，這生物……**會不會和太平天國壁畫中沒有人像有關？**」

　　我足足呆了半分鐘之久，實在不得不佩服他，無論在任何場合，發生任何事情，都總能回到太平天國壁畫沒有人像這個問題上。別人可能以為他在**開玩笑**，而我則認為他一定是太沉迷於研究史料，以致有點*神智不清*。

　　可是，當我看到他嚴肅的神情和渴望得到答案的眼神時，我又認為以上兩個判斷都不對，他神智很清醒，而且也非開玩笑。

我實在無法設想眼前那個怪東西，與太平天國壁畫有什麼聯繫，只好勉強地笑了一下說：「好像⋯⋯**不可能有任何關係吧。**」

班登的神情看來很怪異，好像不認同，想反駁，卻欲言又止。

為了緩和氣氛，我打趣道：「我想到了，兩者之間唯一的關係就是──它們都很適合做**博物館裏的鄰居。**」

白素以 **責備** 的眼神瞪了我一眼，認為我不應該開玩笑；胡説和溫寶裕對我的笑話也嗤之以鼻，不太欣賞。還是良辰美景好，她們本來就愛笑，一聽了我的話，便笑得前仰後合。

班登的神情卻懊喪之極，不滿地哼了一聲，咕噥道：「**原來根本不懂，哼！**」

我怕了這種嚴肅古板，又不懂幽默感的人，於是也收起笑臉，正經八百地説：「這東西的來歷還是一個 **謎**，而且牠本身也極其神秘，暫時不宜讓太多人知道，如果你覺得不方便的話——」

雖然他看來有點心神不屬，但對此事卻十分積極，立即說：「沒問題，沒問題，我會處理。」

他一面說着，一面竟然也毫不害怕或抗拒那噁心的怪東西，一下子就把牠抱了起來，像**背負一個人**一樣，掛在肩上。

對於他這個行動，我們大大佩服他的勇氣，無不看得**目瞪口呆**。

他背着那東西向外走去，我們跟着他，一直到了門口，看到他駕來的是一輛只有兩個座位的小跑車，胡說剛想提議用他博物館的車子，但班登二話不說已經一手打開了車門，把那東西像醉漢一樣送進了座位上，繫好安全帶，又脫下外套來，蓋在那東西的「頭部」，動作十分熟練。

我心中不禁起了一陣疑惑，因為他看起來好像不是第一次做這種事，胡說和溫寶裕則在旁邊驚嘆道：「醫生果然是

訓練 有素 啊。」

　　班登轉到了另一邊車門，坐上駕駛座後，對我們說：

「我先走一步了。」

　　胡說連忙問：「那麼我們——」

　　班登馬上回答：「你們等我的消息吧，我和溫先生已交

換了聯絡電話。」

　　那時，我雖然覺得班登醫生的行為有點 **古怪**，但他既

然住在原振俠的住所，兩人自然是好朋友，我對原振俠是毫無保留地信任的，所以便沒有再想下去了。

班登開車離去時，又回頭望了我一眼，一副欲言又止的樣子，結果仍然沒有說話，只是憂鬱地 **長嘆** 了一聲，然後小跑車便絕塵而去。

這一擾攘下來，夜已極深，我說：「現在只好等班登醫生檢查的結果了。但是我想弄清楚那東西是誰送來的，明天可否安排我到博物館看看？」

胡說答應，然後我又說：「小寶，你也該回去了，不然又會被母親責罵。」

溫寶裕嘆了一口氣，也點頭答應。

白素自然關心那兩位少女，對她們說：「你們兩個小女孩留在這裏不太好吧，不如來我們家——」

我一聽，整個人幾乎 **跳** 了起來，迅速地吸了一口氣，

準備列舉三百條理由加以反對之際，良辰美景已經拒絕道：「這屋子有的是房間，又沒有人管，由得我們拆天拆地，我們喜歡住這裏。」

我頓時對自己的小器態度感到慚愧，白素和我都由衷地說：「那……太可惜了。有事沒事，你們隨時也可以來找我們。」

良辰美景吐着舌頭，做着鬼臉，咭咭笑着：「當然會，直到衛叔叔一見我們就頭痛為止。」

我有點不服，「怎知道白姐姐見了你們不會頭痛？」

「白姐姐不會，你會。」兩人邊說邊笑。

胡說開車送我們回家，先送溫寶裕，然後是我和白素。

我和白素一進屋，就看到茶几上有一張 白紙 ，拿起一看，上面寫着：「來訪不遇，甚憾。」下面的署名竟然是「班登」！

我一看了這張留字，心中錯愕不已。

第十章

班登來過我這裏？他是什麼時候來的？那自然是我和白素一起到陳家大屋去的時候，可是我剛剛才和他分手，他為什麼隻字不提「來訪不遇」的事？這個人的行徑，也未免太古怪了。

我們叫醒了老蔡，問他是否有人來過，他睡眼惺忪地說：「是……有個 **陌生洋人** 來按門鈴，可是我沒讓他進來，把他打發走了。」

老蔡說的時候還洋洋得意，完全不知道對方已潛入屋內，還留下了 字條 才走。我也不想責備老蔡，他已到了再責備也無濟於事的程度，只好讓他回去繼續睡。

白素疑惑道：「班登這人真怪，也不預先打電話或託中間人預約，說來就來，而且還**擅闖民居**。」

我分析道：「他不事先預約，是不給我拒絕的機會。而他擅自闖進來，顯然是不相信老蔡的話，懷疑我假裝不在家，所以硬要進來看個究竟。」

「這麼說，他是要 **非見你不可** 了。」白素苦笑道。

「但我想不明白，他在陳家大屋終於見到我的時候，為什麼不說？」

「他說了啊，他不是說了一個問題嗎？」

我又是惱怒，又覺好笑，「太平天國壁畫的問題嗎？他為什麼老是拿這個問題向我**窮追猛打**？」

我苦笑間，突然想起了一個可能來，不禁「啊」地一聲說：「小寶是打電話到原振俠住所找到他的，如果班登習

慣擅闖他人住所的話，會不會當小寶打電話去的時候，他正好進入了原醫生的住所之中？小寶不是説，他**重複打了好幾次**，才終於不是電話錄音，而有人接聽了嗎？」

白素皺着眉，「自然有這個可能，但是班登無緣無故為什麼會潛入原醫生的住所？」

「他不是也無緣無故擅入我們的屋子，追問我**沒頭沒腦**的問題嗎？」

此時白素和我對望着，愈想愈覺得這個假設很合理，班登有疑惑的事要來問我，發現我不在家，便去找另一個人尋求答案，原振俠對各種怪異事情的經歷也相當豐富，而且他們彼此都是醫生行家，自然容易找到對方。

白素二話不説，立刻掏出手機，我大概猜到她要打電話去哪裏。只見她接通了之後，對着電話説：「請問班登醫生在嗎？對，班登。」

等了一會，白素揚了揚眉説：「請再 查一查，班登醫生，西方人，但能説極流利的中國話……應該剛回來準備身體檢驗的儀器和設備。」

又等了兩分鐘，白素才淡然道：「明白了，謝謝你。」

她掛了線，回頭向我望來，苦笑道：「**我們全被騙了**。醫院説，根本沒有班登醫生這個人。」

「怪不得他的神情和行為那麼奇怪，當他看到那不知名生物的時候，我一下子就覺得他那種驚愕的神情是**假裝**出來的。」

白素沉聲道：「那就只有一個可能：他以前已見過那個怪東西。」

我如夢初醒，「對！他把那怪東西弄上車子的時候，**手法利落**，確實不像第一次這麼做。」

白素接上去説：「這説明，那怪東西和他相處甚久了。我看，將其紮成木乃伊，送進博物館去，也是這位醫生兼歷

史學家所做的好事。他擅入原振俠住所時，聽到了溫寶裕的電話留言，知道我們在找原振俠，於是溫寶裕再打去的時候，他便接了電話，冒充是原振俠的同事，將那怪東西又弄回去。」

「若屬實的話，這個人的行徑真是**怪異透頂**，千方百計把那怪東西弄進博物館，然後又裝神弄鬼把東西弄回去！」我十分生氣，被班登這樣戲弄，**陰溝裏翻船**，實在氣憤難平。

白素想了一會，說：「我總覺得，他所做的一切，都是想**間接地**引起你的注意，希望你能自然而然地、認真地解答他的疑問。」

「又是太平天國壁畫那個疑問嗎？**真見鬼！**直接問我就好了，幹嗎要弄得這麼複雜！」我罵道。

「他問了，只是你從來沒有認真回答過。你有看到他開車帶走那怪東西時的神情嗎？他用極其失望的眼神看了你一眼。」

白素這樣一說，怎麼責任好像忽然在我身上了？不過，班登**三番四次**問我那個太平天國壁畫的問題，我沒有一次認真回答過，最後還拿來開玩笑，這倒是真的。

我愈想愈生氣，這晚自然睡得不好。第二天醒來，白素已經不在，電話聲卻響起，我接聽，另一端是胡說氣沖沖的聲音：「天啊，原振俠⋯⋯的那家醫院說——」

我接上去道：「**根本沒有班登醫生這個人。**」

「你已經知道了？這到底是怎麼一回事？」胡說叫嚷起來。

我嘆了一口氣，「再簡單也沒有，我們受騙了。」

沒想到胡說的下一句竟是：「真是世界變了，那麼噁心的東西，也有人要騙去？」

我苦笑了一下，「我不想一個個重複說了，你約好溫寶裕和良辰美景，一起來我家談談這件事吧。還有，我今天也不必去博物館了，因為我已大概猜到是誰把那怪東西弄進博物館去的，你們來了我再說。」

胡說答應了一聲便掛線。

到了下午兩點，我剛吃過午飯的時候，胡說、溫寶裕和良辰美景便一起來到我家裏，**七嘴八舌**地追問被騙的

事，而他們四人亦**互相指責**，溫寶裕自然受責得最嚴

重，畢竟是他打電話聯絡上班登醫生的。

我叫他們冷靜聽我説，他們就是不聽，只顧爭吵。直到

白素回來，他們才安靜下來，就像頑皮的寵物一看見主人回

來就立即裝乖一樣。

原來白素今天去查了班登的資料。我連忙問：「有什麼

發現？」

白素説：「全靠你在瑞士那邊的朋友提供資料，查出班登的全名是古里奧・班登，在瑞士山區出生，但離開瑞士已相當久，是柏林大學醫學院年紀最輕的畢業生，十七歲零兩個月又十一天，這個紀錄至今未有人打破。他在畢業之後，專攻小兒科和遺傳學，兩年後，分別取得了兩個博士銜頭，在瑞士執業期間，是小兒科的權威。可是兩年之後，突然結束診所，**銷聲匿迹**，傳言他加入了一所十分 **神秘** 的療養院工作。」

説到這裏，我心中立刻想起了瑞士的勒曼醫院，關於勒曼醫院的故事非常精彩，將來有機會再詳述。

白素倒了一杯水，喝了兩口，繼續説：「之後，他就再沒有在歐洲出現過，而且好像完全脫離了醫學界一樣。但在權威的醫學雜誌中，間中刊登了一些關於 **DNA遺傳密碼** 的研究文章，雖然作者沒有列明真名，但行內人一致推測是班登的大作。」

「白姐姐好厲害，能查到這麼多。」此時良辰美景已經把我家中的零食全找出來，邊吃邊討論。

白素笑了笑，然後對我說：「你知道嗎，原來音樂會的主人和班登也不是很熟，是我們的一位 **老朋友** 特意向他介紹的。」

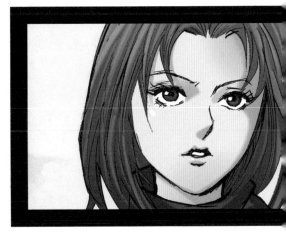

「是哪一位老朋友這麼不夠朋友，給我挖了一個大坑？」我苦笑着問。

白素笑了起來，「他正是個 **專業 挖坑** 的。」

我立時「啊」地一聲：「**齊白**？盜墓專家齊白？」

白素點點頭。

齊白是怎麼和班登認識的呢？齊白這個人的行蹤實在太**飄忽**了，要找他幾乎沒有可能，電郵、電話老是不回覆，不過早幾天他卻罕有地給我發了一封電郵，但內容並沒有提及班登的事。

怎知，說到曹操，曹操就到。門鈴忽然響起，老蔡開門，走進來的，竟然正是齊白這位稀客！

溫寶裕一見到齊白，便衝上去追問他班登到底是怎麼一回事。其他人得知他就是把班登介紹來的「**罪魁禍首**」，也群起攻之，大興問罪之師。

　　齊白立刻求饒道：「等等！雖然我不知道班登對你們做了什麼，但我可以作出*補償*！」

　　「你能拿什麼補償？」我問。

　　「多賠幾條那種木乃伊怪東西嗎？我們才不要！」良辰美景一臉厭惡。

　　齊白卻煞有介事地說：「我願意將早前一段**極怪異的尋寶經歷**告訴你們。」

　　我記起了，齊白給我的電郵提及過，他剛經歷了一段極其怪異的尋寶歷險，還要我拿東西跟他交換，他才肯告訴我詳情。如今難得他自願說出來，我們都先放下一切，**洗耳恭聽**。（待續）

心有餘悸

他說自己剛經歷了一段極其怪異的尋寶之旅，如今**心有餘悸**，正在泰國散心。

意思：危險不安的事情雖已過去，但回想起來心裡仍感到害怕。

肆無忌憚

他還**肆無忌憚**地要脅道：「若果你想知道那段奇異經歷的過程，便拿東西和我交換吧，例如有沒有其他可盜之墓的信息告訴我？我正等待着下一個盜墓目標呢。」

意思：恣意妄為，毫無顧忌。

得意忘形

溫寶裕卻**得意忘形**，「連你的反應也那麼大，她們看到了一定更害怕。」

意思：因高興而物我兩忘。

不由自主

溫寶裕自知說漏了嘴，一張俊臉漲得通紅，眼睛**不由自主**地眨着，過了好一會才回復正常。

意思：由不得自己作主。表示無法控制自己。

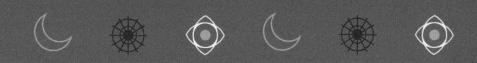

滔滔不絕

我看見他**滔滔不絕**地説着，不禁覺得好笑，而這時候，他身上的手機忽然響起，差點又嚇得他弄翻了盤子。

意思：形容説話連續而不間斷。

風度翩翩

我假裝嚴肅地説：「我少年的時候已經**風度翩翩**，哪裏會作弄女孩子。」

意思：形容一個人文采風流，舉止瀟灑。

忙得不可開交

正式展出的日期是兩天後，我忽然感到疑惑，按道理，胡説此刻應該**忙得不可開交**，剛才到底有什麼重要的事，令他急着要找溫寶裕，而溫寶裕又氣急敗壞地立即趕去呢？

意思：事情多到沒時間休息。

寒暄

我和主人不是太熟，只知道他是一位銀行家而已，**寒暄**幾句之際，他順口提到：「班登醫生是一個怪人，你們好像談得很投契，講了些什麼？」

意思：見面時彼此問候起居或泛談氣候寒暖之類的應酬話。

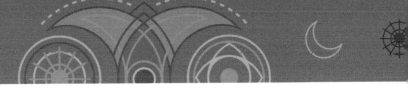

鮮為人知

這本來是歷史上**鮮為人知**，很少人注意的一個小問題，但是一提起來，從神秘的角度猜想，就可以有許多不同的想像了。

意思：很少人知道。

欲言又止

胡說和溫寶裕互望了一眼，驚恐之中又帶幾分尷尬，**欲言又止**。

意思：吞吞吐吐，想說卻又不說。

忍俊不禁

白素的猜想果然沒錯，那些毛蟲是拿來嚇女孩子的，可是他們用毛毛蟲去嚇一對武藝高手，實在有點可笑，使我**忍俊不禁**。

意思：忍不住的笑。

匪夷所思

木乃伊一定是死的，而且是死了很久的屍體，上面冠以「活的」這個形容詞，這不是太**匪夷所思**了嗎？

意思：非一般人所能想像得到的，帶有貶意。

備而不用

幾千年來,木乃伊也一直「**備而不用**」——幸虧如此,假若真有靈魂回來,進入了那樣的乾屍之中,又變成活人的話,那真是世上最可怕的事了。

意思:已準備好而暫時不用。

手足無措

多半是她們在運抵博物館的木乃伊中,做了什麼手腳,就嚇得胡說和溫寶裕這一雙活寶貝**手足無措**、屎流屁滾了。

意思:手腳無處安放,形容驚慌失措。

大義滅親

就算我們**大義滅親**指控良辰美景,以她們的輕功,誰能抓得住?無憑無據,誰會相信我們?

意思:為了維護公理正義,對犯罪的親屬不徇私情,使其接受應得的法律制裁。

胡作非為

溫寶裕心中不禁罵起良辰美景來,早知道她們會**胡作非為**到這種地步,就不和她們打賭了。

意思:不顧法紀或不講道理的任意妄為。

逃之夭夭

動動腦筋就知道了，如果包裹着的真的是一個人，不論那是什麼人，有多兇惡，有否受傷，甚至不幸弄出了人命，他們至多也是報警，叫救護車，或是**逃之夭夭**，而沒必要來，把事情一五一十告訴你。

意思：逃跑。

處變不驚

溫寶裕說：「誰知道，或許正躲在什麼角落看我們，哼，看到我們**處變不驚**，做事乾淨利落，只怕她們心中也不得不佩服。」

意思：處於詭譎多變的情勢中，仍不驚惶失措。

義不容辭

胡說**義不容辭**地接了過來，瞪了溫寶裕一眼，作了一個手勢，示意溫寶裕把電筒光對準一些。

意思：道義上不容許推卻。

如夢初醒

他們頓時**如夢初醒**，胡說拍了一下額頭說：「我怎麼沒想到，用X光照上一照，總會有些線索，讓我們知道那是什麼東西。」

意思：比喻從糊塗、錯誤的認識中恍然大悟。

語無倫次

胡説專心駕車，倒是溫寶裕説的話最多，可是他又驚惶過度，有點**語無倫次**，扯到鬼神妖魔去了。

意思：説話顛三倒四，毫無條理。

童心未泯

「你們才太過分！」溫寶裕一面反駁，一面開門跳下車去。胡説也有點**童心未泯**，立即下車為溫寶裕助陣。

意思：年歲已大，卻仍保有兒童一般天真、純潔的心性。

怒不可遏

「你這個小鬼頭説什麼！」良辰美景**怒不可遏**，揚起手來，要向小寶打去。

意思：憤怒到不能抑制的地步。形容憤怒之極。

雞皮疙瘩

單是那種像是剝了皮，新肉一樣的顏色，看了已令人起**雞皮疙瘩**。

意思：皮膚上因為寒冷或驚嚇等刺激，引起附著於毛髮的肌肉收縮而產生皮膚表面突起細密小粒的現象。因其狀似去毛後的雞皮，故稱為「雞皮疙瘩」。

摧枯拉朽

他那柄隨身帶來的小刀，用途甚多，諸如挖掘植物標本、解剖隨手捉到的小動物或昆蟲等等，平時一直保持着十分鋒利的狀態，這時用來割布條，頗有點大材小用，布條一碰到刀鋒，自然**摧枯拉朽**似的，紛紛斷裂。

意思：比喻摧毀虛弱勢力極為容易，亦可比喻事情極容易做到。

鍥而不捨

我**鍥而不捨**地重複撥打他的號碼，終於有另一個人來接聽，他同樣是醫生，住在原醫生那裏，我向他簡單講了一下情形，他說他也可以安排醫院方面進行全面檢查，立刻就到。

意思：比喻堅持到底，奮勉不懈。

回馬槍

沒想到他的「**回馬槍**」十分厲害，我只好乾笑着，說了一些自己的推測，他聽得很用心，好像對我的意見比對那東西更感興趣。

意思：有兩種意思，一是解作古時一種槍法。當一方騎馬退走時，突然調頭出擊對方。二是比喻冷不防的反擊。

咕噥

班登的神情卻懊喪之極，不滿地哼了一聲，**咕噥**道：「原來根本不懂，哼！」

意思：小聲說話，含糊不清。

銷聲匿迹

可是兩年之後，突然結束診所，**銷聲匿迹**，傳說他加入了一所十分神秘的療養院工作。

意思：隱藏形跡，不公開出現。

問罪之師

其他人得知他就是把班登介紹來的「罪魁禍首」，也群起攻之，大興**問罪之師**。

意思：稱討伐犯錯者的隊伍或前來責難的人。

煞有介事

齊白卻**煞有介事**地說：「我願意將早前一段極怪異的尋寶經歷告訴你們。」

意思：描述得真有這麼一回事似的。

洗耳恭聽

如今難得他自願說出來，我們都先放下一切，**洗耳恭聽**。

意思：形容專心、恭敬地聆聽。

衛斯理系列 少年版 16

密碼 上

作　　　　者：衛斯理（倪匡）

文 字 整 理：耿啟文

繪　　　　畫：鄺志德

助理出版經理：周詩韵

責 任 編 輯：陳珈悠　朱寶儀

封 面 及 美 術 設 計：BeHi The Scene

出　　　　版：明窗出版社

發　　　　行：明報出版社有限公司

　　　　　　　香港柴灣嘉業街 18 號

　　　　　　　明報工業中心 A 座 15 樓

電　　　　話：2595 3215

傳　　　　真：2898 2646

網　　　　址：http://books.mingpao.com/

電 子 郵 箱：mpp@mingpao.com

版　　　　次：二〇二一年二月初版

　　　　　　　二〇二二年七月第二版

I S B N：978-988-8687-48-0

承　　　　印：美雅印刷製本有限公司